CONFÉRENCES PUBLIQUES DE BAGNÈRES

1868

~~~~~~~~~~~~~~~~~~~~~~~~

ÉTUDE

SUR LE

PAYS DES QUATRE-VALLÉES

~~~~~~~~~~

J.-J. DUMORET

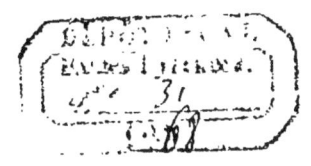

6me CONFÉRENCE

25 MARS

~~~~~~~~~~~~~~~~~~~~~~~~~~~~~~~

ÉTUDE

SUR LE

PAYS DES QUATRE-VALLÉES

~~~~~~~~~~

J.-J. DUMORET

ÉTUDE

SUR LE

PAYS DES QUATRE-VALLÉES

——o⚬:⊙:⚬o——

MESDAMES, MESSIEURS,

Je feuilletais, il y a longues années, un volumineux
dossier, aussi poudreux qu'indigeste, ce qui n'est pas
peu dire, je vous assure. Dans ce fatras, dont je n'ai
garde de vous énumérer toutes les pièces, j'avisai un
vieux parchemin, noirci par le temps, mangé en partie
par les rats, portant la date de 1300 et écrit en vieille

langue vulgaire de ce pays. Mon attention fut vivement
excitée, alors surtout que je lus sur l'en-tête : *Cous-
tumas, Libertats, Franquesas et Usanças de la terra
de Labarthe et val d'Aure*, etc., etc.

Je me hâtai, oublieux du procès que je devais plaider,
d'essayer de déchiffrer ce vieux titre et de tâcher de
comprendre cette vieille langue. Et ce ne fut pas sans
beaucoup de peine et de temps que je parvins à lire
d'abord, et à pénétrer ensuite, la teneur du vieux
parchemin.

A chaque phrase, à chaque mot, ma surprise devenait
plus grande ; si grande que je crus alors que le titre dont
je m'efforçais de saisir le sens était apocryphe.

Je ne pouvais, en effet, croire à tant de libertés
politiques et civiles en 1300 ; en plein moyen âge, dans
ce temps sombre et noir des Pastoureaux et de la danse
Macabre, où le droit n'était rien, où la force était tout ;
dans ce temps de guerres perpétuelles et de meurtres sans
fin, où les barons se faisaient un jeu de la vie de leurs
serfs et de l'honneur de leurs vassales ; à cette époque
sinistre de Philippe-le-Bel et de Bertrand de Goth, où Juifs
et Templiers étaient enveloppés dans une commune
haine et aussi dans une proscription commune, parce
qu'ils possédaient ; dans cette ère lugubre où le désespoir
était partout et l'espérance nulle part ; où l'homme
ne trouvait la paix que dans la mort ou dans le cloître ;
où chacun était l'ennemi de tous, où tous étaient les
ennemis de chacun ; dans ce temps de sang et de larmes,
d'incendies et de pillages, où l'on n'était en sûreté que
derrière les tourelles du donjon féodal ou les murailles du

gros bourg fermé ; où chaque hobereau faisait à son gré
la guerre à son voisin, et arrêtait sur les grands chemins,
avec ses hommes d'armes, les passants attardés et
les marchands en voyage; dans ce moment d'immense
désordre moral où la conscience se taisait, où la justice
n'était qu'un mot, où le seul mobile était la peur, le seul
frein l'enfer ; où l'Eglise elle-même, seul pouvoir debout
et à moitié respecté, était impuissante à garantir la
vie humaine et essayait vainement, par la Trêve de
Dieu, d'arrêter, pour quelques jours par année, cette
lamentable et affreuse succession de débauches et de
crimes.

Je savais qu'environ deux siècles avant 1300 quelques cités du nord et du midi avaient acheté, conquis ou
gratuitement obtenu des rois de France, des grands
vassaux ou de l'Eglise, certains droits politiques et civils.
Cette révolution, (car, à mon avis, l'établissement des
communes est une immense révolution à la fois politique
et sociale), n'avait changé, je le pensais, que la situation
des habitants des bourgs ou des villes libres, et que les
priviléges obtenus ne s'étendaient guère au-delà des
murailles construites pour les défendre; mais je ne savais
pas, je n'avais jamais lu, qu'un pays tout entier, avec ses
villes, ses bourgades et ses hameaux, fût complétement
dégagé de tout droit et de tout privilége féodal; je n'avais
jamais vu un territoire assez étendu sans seigneur;
je pensais que partout en France les habitants des cam-
pagnes étaient des serfs taillables et corvéables à merci ;
et voilà qu'inopinément, je trouvais un vieux titre de
1300, constatant qu'à toutes les époques, les habitants

des Quatre-Vallées jouissaient d'une liberté civile complète, nommaient leurs administrateurs, votaient leurs
impôts, veillaient eux-mêmes à la défense de leur territoire, en un mot, qu'ils n'avaient pas de seigneur dans
le sens féodal.

Je fis quelques recherches et je fus bientôt convaincu
qu'en 1300 et même antérieurement, ce petit territoire
que nous appelons le *pays des Quatre-Vallées*, avait
réellement à cette époque bien des droits et bien
des franchises que nombre de peuples lui envieraient
même de nos jours.

Dès ce moment, Mesdames et Messieurs, ce fut pour
moi comme une idée fixe de poursuivre l'étude dont le
hasard m'avait donné l'idée première. Cette étude, je l'ai
faite à bâtons rompus, dans les heures de doux recueille-
ment et aussi d'amère tristesse. Sont-elles justes, sont-
elles fausses, les observations que j'ai recueillies? Sont-
elles rigoureuses, sont-elles illogiques, les conséquences
que j'en ai tirées? Je ne sais. Telles quelles, je vais avoir
l'honneur de vous les présenter, heureux si vous daignez
les écouter avec bienveillance, plus heureux encore si je
puis vous intéresser à ce vieux pays d'Aure, de Neste, de
Magnoac et de Barousse que j'ai pris pour sujet de cet
entretien.

Vous le savez, Mesdames et Messieurs, l'ancien pays
des Quatre-Vallées, qui forme les deux tiers de cet arron-
dissement, confinait du midi avec l'Espagne, était borné
à l'est par le vicomté de Comminges, au nord par
l'Armagnac et le Nébousan, à l'ouest par le Nébousan
encore, les baronnies de l'Arros et les territoires de

Bagnères, de Barèges et de Campan. Traversé dans sa plus grande longueur par une belle rivière flottable, la Neste, arrosé par de nombreux cours d'eau, ce pays, à la fois plaine et montagne, se suffisait à lui-même ; au nord, la culture de la vigne et des céréales, au centre et au midi, l'élève des bestiaux. Des échanges journaliers procuraient aux habitants heureux des Quatre-Vallées tous les objets de nécessité première ; et la laine des troupeaux filée, et tissée comme le lin dans chaque chaumière, fournissait largement aux enfants du pays leur habit à la fois simple, pittoresque et approprié au climat.

Le commerce avec l'Espagne et le bas-pays, que n'entravaient ni douanes ni péages, ajoutait à ce bien-être que venait augmenter encore l'exploitation des belles forêts entourant de toutes parts les Quatre-Vallées et dans lesquelles, nous le verrons ensemble, tous les *manants* et *habitants* avaient le droit de puiser à volonté, soit pour leurs besoins, soit même pour la vente.

Il leur était ainsi facile à ces habitants de construire, avec les grands sapins et les chênes séculaires de leurs forêts, ces belles granges et ces *oustaous* (habitations) luxueux dont les débris nous étonnent, dans la vallée d'Aure surtout, et qui sont les indices certains d'une aisance malheureusement disparue aujourd'hui.

L'industrie, car à ce moment déjà il y avait dans les Quatre-Vallées une industrie réelle et productive, dont ni maîtrises ni jurandes n'étaient venues arrêter l'essor, l'industrie produisait du fer, exploitait les mines, sciait

les bois, teignait les étoffes, foulonnait les gros draps,
taillait la pierre et l'ardoise et même soufflait le verre.

Ce pays, heureux et pittoresque, avec ses sombres
forêts, ses verdoyantes prairies, ses Nestes tumultueuses
et limpides, ses montagnes altières, ses glaciers étincel-
lants, ses vallées profondes, ses plaines fertiles, était
habité par une population énergique et fière.—Sobres,
intelligents, spirituels, audacieux, dans la vallée d'Aure,
ces fils des purs Ibères défendaient courageusement
contre leurs frères du versant méridional les pâturages
et les ports, du reste peu attaqués alors, de Bielsa,
de Plan et de Riou-Majou.— Les habitants de la Neste,
descendants des débris des légions de Sertorius mêlés
aux antiques habitants du pays, participaient de leurs
communs ancêtres. Comme eux, ils aimaient l'indé-
pendance et aussi ce sol où la destinée avait conduit
leurs pères, cette terre où le hasard les avait fait naître.
— Le Magnoac était peuplé par une race de cultivateurs,
laborieux et robustes surtout, habitués dès longtemps à
la culture pénible des terrains argileux et compactes qui
forment à l'est la continuation de l'immense plateau
connu de nos jours sous le nom de lande de Lanne-
mezan.— Les Baroussais, avec un peu moins d'intelligence native que les Aurois et plus d'esprit d'aventure
peut-être, représentaient assez bien l'esprit ibère mêlé à
l'esprit celtique.

Ces populations, vous le comprenez, ne pouvaient
avoir que des tendances toutes méridionales; elles
participaient, du reste, de l'esprit général du temps. —
Les hommes du nord, vous le savez, n'étaient pas

aimés des Aquitains, dont la langue, les mœurs, les habitudes, les lois, étaient antipathiques à celles des différentes races germaniques que les invasions avaient jetées dans les Gaules. — J'énonce seulement ; mon sujet ne comporte pas en effet une digression sur ces guerres du nord contre le midi qui, des Mérovingiens jusqu'à la Croisade des Albigeois et les guerres des Anglais, ont pendant près de mille ans ensanglanté notre France pour l'unifier si étroitement ensuite.

L'histoire des Quatre-Vallées est obscure au début comme toutes les histoires. A peine vers le commencement du cinquième siècle, y pouvons-nous relever le nom d'un homme, saint Exupère, qu'Arreau réclame comme un de ses enfants et Toulouse comme un de ses plus saints évêques. — Une vieille chronique d'Aure, récemment sauvée de la destruction par un de nos amis, que vous écoutiez naguère avec tant de plaisir, M. Vaussenat, nous révèle sur cet évêque un fait intéressant dont nous copions textuellement la relation sur le vieux manuscrit :

« Estant à Tolose, il commença à prescher contre le
» vice et les désordres et la vie des Tolosains ; ce qui ne
» fut pas inutile. S'estant un peu modérés dans leurs
» desrèglements, quelque temps après les Vandales
» siégèrent la ville. Les citoïens appréhendant leur
» dernière désolation, ne se croyant pas assez forts pour
» la défense, implorèrent le secours de leur sainct
» pasteur, lequel, après beaucoup de prières à Dieu avec
» le jeusne, s'alla présenter aux ennemis sur le rempart,
» affublé de ses habits pontificaux ; et là, non avec la

» pique, la flesche et l'épée, mais avec l'aspersoir et
» l'eau bénite, en aspersant les ennemis, il leur fit lever
» le siége, n'osant plus y retourner. Il est à conjecturer
» que toutes les gouttes de cette eau jetées par le sainct
» évêque se convertissoient par la volonté de Dieu en
» autant de foudres afin de les esloigner en levant
» le siége. »

Si je ne puis garantir l'authenticité du fait, je puis
certifier du moins la naïveté du récit.

Comme le reste de la Gaule, les Quatre-Vallées furent
traversées et saccagées par les Vandales, les Suèves,
les Alains et les Goths. Et bientôt, dans un sens tout
opposé, les hordes barbares de l'Afrique, envahissant la
France, les traversèrent et les saccagèrent à leur tour.
Vaincues à Poitiers, les bandes d'Abdérame repassèrent
les Pyrénées eu laissant toutefois après elles quelques
débris isolés qui se cantonnèrent et s'établirent sur
certains points de nos montagnes. La vallée d'Aure fut
un de ces points malheureux. En vain invoqua-t-elle
l'appui de son saint Exupère plus heureux, vivant,
contre les Vandales à Toulouse, qu'il ne put l'être mort,
contre les Sarrasins à Arreau.

A défaut d'armes spirituelles, les habitants des Quatre-
Vallées eurent recours aux forces temporelles qui alors
en Espagne faisaient reculer le Croissant. Sanche-le-
Grand, Sanche-Abarca, roi d'Aragon, réussit à chasser
les Maures de toutes nos Pyrénées et devint naturellement ainsi le seigneur des Vallées d'Aran, de Luchon,
du Larboust et du pays des Quatre-Vallées.

C'est à partir de lui seulement que l'on commence à

voir un peu clair dans l'histoire d'Aure, de Neste, de Magnoac et de Barousse. La tradition, à défaut d'autres preuves, prétend que le grand Sanche d'Aragon est le premier auteur des priviléges et coutumes dont nous allons bientôt nous occuper. A-t-il voulu ainsi récompenser l'aide et l'appui des populations indigènes dans ses guerres contre les Maures? A-t-il voulu transporter dans les pays conquis la législation aragonaise de l'époque? Ou n'a-t-il voulu enfin, par les franchises qu'il octroyait ou reconnaissait peut-être, que s'assurer des alliés sûrs et fidèles sur ce versant de nos Pyrénées? Nul ne le sait, nul ne le peut savoir.— Sanche-Abarca mourut en 1034 et fut succédé dans le gouvernement des Quatre-Vallées par son fils, don Ramire, qui eut lui-même pour successeur Sanche II. Ce dernier construisit le château de Bramevaque, célèbre seulement par le séjour de l'aimable Marguerite, l'infidèle épouse de notre Henri IV, son infidèle mari.

Et puis Auger, puis Ode ou Odon, puis Sans-Gassie, Arnaud-Guilhem Ier enfin, enterré dans l'*église des pères Jacobins de Bagnères, avec une épitaphe en lettres d'or,* selon le vieux manuscrit, et qui eut de longs démêlés avec Centulle, de Bigorre (1180). De si longs démêlés, disent les chroniques, que par trois fois le comte de Bigorre lui fit la guerre, et que, par trois fois, Arnaud-Guilhem, vaincu malgré l'appui du comte d'Armagnac et du vicomte de Comminges, fut forcé de jurer foi et fidélité à notre comte.

Le motif de la querelle, futile en apparence, était sérieux au fond : Centulle soutenait que son titre de comte lui donnait, sur son voisin le vicomte, un droit de suzeraineté.

La tradition nous apprend encore que deux fois la querelle des deux seigneurs dut être vidée par un duel judiciaire; mais que deux fois aussi le vicomte de Labarthe refusa de soumettre son droit à la décision de la force ou de l'adresse.

Vous le voyez, Mesdames et Messieurs, les Aurois de ce temps étaient fort en avant de leur siècle. Un coup de lance ou un coup d'épée ne leur paraissait pas une raison suffisante; vrai ou faux, un titre, un article de loi bien ou mal interprété les eussent plus aisément persuadés, appuyés surtout de quelques centaines de lances et de quelques milliers de routiers. — Encore en est-il de même de nos jours; vous savez si l'Aurois aime le code de procédure et la chicane, et s'il respecte les gendarmes.

Cependant, bizarrerie étrange, pendant que le vicomte Arnaud-Guilhem, dont on ne saurait suspecter le courage, refusait de soumettre la décision de la querelle au duel judiciaire, objet des rires de tous aujourd'hui, nous trouvons cette preuve très peu convaincante réglementée avec soin dans les coutumes de 1300.

Les démêlés des vicomtes de Labarthe avec les *Centod* (Centulles) de Bigorre ne finirent point avec Sans-Gassie et Arnaud-Guilhem Ier. — En 1200, les traités étaient faits par la force et détruits de même. Le plus puissant imposait un jour sa volonté, et le lendemain le vaincu de la veille recommençait la lutte s'il se croyait en état de résister. — Valons-nous mieux aujourd'hui ? et du petit au grand le vers de La Fontaine n'est-il pas toujours vrai ?

La raison du plus fort est toujours la meilleure.

Le vieux manuscrit dont je vous parlais, il y a quelques instants, raconte avec une naïveté charmante un épisode de ces guerres. La lecture m'en a fait un vif plaisir, je vais essayer de vous le faire partager :

« Il est de tradition que le viscomte d'Aure, aïant
» guerre contre Centulle de Bigorre, les deux armées
» étoient campées sur l'Arros en dessus de Tournaï, celle
» du comte delà de l'Arros, celle du viscomte deçà, et
» ils s'observoient les uns et les autres. Il y eut un gé-
» néreux combastant d'Estensan, lequel impatient de
» combastre dit audit viscomte que s'il vouloit le laisser
» faire et luy donner secours qu'il fairoit que le comte
» de Bigorre seroit bastu. Le viscomte luy demanda par
» quel moïen : l'autre luy communiqua l'estratagesme.
» Le viscomte fit difficulté du commencement ; mais le
» combastant le pressa et l'asseura que son intention
» réussiroit. Le viscomte luy permist et luy dist : Si ça
» réussit, je te donnerai un merle blanc. Le sujet aïant
» pris le monde nécessaire alla faire un escluse serrée à
» l'endroict propre pour arrester les eaux de l'Arros, ce
» qui se fit en une nuit et à l'insceu des ennemys, et la
» convention était de provoquer les ennemys au combast
» à la petite pointe du jour. Ce qui se fit ; d'abord le
» viscomte attira la moitié des combastants deçà l'Arros
» qui était presque sec. A mesme temps on lascha

» l'escluse qui inonda l'endroict, qui fit que le viscomte
» tailla en pièces la motié des troupes du comte. Le
» reste ne pouvant passer pour leur donner secours ains
» se mit en fuite. Après cette journée, le viscomte vou-
» leut récompenser le sujet : il l'anoblit et lui assigna le
» fief que les descendants possèdent aujourd'hui, et pour
» armes de sa nobilité vouleut que le noble portast deux
» merles blancs en son escusson gravés en champ
» d'azeur..... »

Sanche III fut succédé par Arnaud-Guilhem II, puis arriva Arnaud-Guilhem IIIᵉ du nom. Ce dernier n'eut que des filles. L'une d'elles, Brunissende, épousa Bernard de Fumel, cadet de la maison d'Armagnac, et succéda à son père dans le gouvernement des Quatre-Vallées. — Les femmes, vous le voyez, héritaient des seigneuries dans cette partie de la France : on n'avait pas peur que les comtés et les baronnies tombassent en quenouille : nos ancêtres vous respectaient trop, Mesdames, pour vous mettre hors la loi comme le faisaient au nord les grossiers et barbares Germains.

La tradition raconte que Bernard de Fumel, croyant que ces démêlés avec le Bigorre n'avaient qu'un mot pour origine, pensa les faire cesser en substituant un titre de baron à celui de vicomte qu'il portait déjà. Il n'en fut rien, hélas! les guerres ne prirent pas fin. Barons ou vicomtes, les seigneurs de Labarthe durent, bon gré mal gré, consentir à rester les vassaux du puissant comte de Bigorre. — Gérard succéda à Brunissende, sa mère, et Jean hérita de son père Gérard.

Avec lui va s'éteindre l'antique maison d'Aragon. —

Jean n'avait pas d'enfant. — Il choisit un successeur, et fit donation de toutes ses terres et seigneuries à son parent, Bernard d'Armagnac ; mais en lui transmettant sa succession, le dernier des héritiers directs de Sanche-Abarca voulut maintenir intacte l'œuvre du chef de sa maison : il stipula, comme condition essentielle de sa donation, que les priviléges et coutumes des Quatre-Vallées seraient respectés et qu'une rédaction en serait faite par-devant notaire, conformément à l'instrument colligé déjà sous l'inspiration de Bernard de Fumel. — La famille d'Armagnac, vous ne le savez que trop, ne respectait guère les droits des vilains ; mais il fallait faire entrer dans la famille une importante baronnie : Bernard accepta donc les conditions stipulées. Telle est, selon le vieux manuscrit, l'origine de nos coutumes écrites à *Valcabrère par Guilhem Arnaud, notaire public, l'an 1300, et le mardi avant la fête de St Barnabé, apôtre.*

Un mot seulement sur l'authenticité juridique si contestée de ces coutumes. — De nombreux jugements et arrêts les ont rejetées. La Barousse notamment a perdu un procès contre les Luscan et l'Etat, parce qu'elle ne put produire en forme probante l'instrument de 1300. Mais depuis cet arrêt et après de nombreuses recherches, à Auch, à Montauban, à Pau et à Toulouse, un de nos amis, M. Piet, a découvert, dans les archives du parlement de cette dernière ville, une copie authentique de l'acte de 1300. — Il est donc incontestable aujourd'hui, autant pour le juriste que pour l'historien, que les coutumes des Quatre-Vallées ont été la loi écrite, politique et civile des pays d'Aure, Neste, Magnoac et Barousse.

Il m'a paru important, avant d'aborder la coutume elle-même, de rechercher si dans le midi de la France et même en Europe on ne trouvait point en 1300 des franchises, sinon identiques, du moins similaires à celles des Quatre-Vallées.

Cette recherche, je l'ai faite, dans nos Pyrénées d'abord, et bientôt j'ai constaté qu'à l'est et vers l'Ariège les Andorrans étaient depuis Charlemagne, selon la tradition, en possession de priviléges politiques plus étendus encore que ceux des Quatre-Vallées et de droits civils aussi complets que ceux de la coutume de 1300. A l'ouest, les vallées de Baréges et d'Aspe, les pays de Soule et de Labour, la Basse-Navarre, jouissaient dans le moyen âge de libertés et de coutumes comparables à celles d'Aure, de Neste, de Magnoac et de Barousse ; et sur le versant méridional des Pyrénées, dans les montagnes de l'Aragon, de la Navarre et du Pas-Basque, nous retrouvons jusque dans les temps les plus reculés cette liberté si chère à nos pères.

L'esprit ibère, indépendant et conservateur en même temps, avait résisté à l'envahissement du droit seigneurial et maintenu dans toute sa force les libertés antiques des Escaldunac.

Mais ce ne sont point les Pyrénées seules qui avec la race ibérienne ont protesté par les armes contre l'établissement du despotisme féodal. A cette même époque, au milieu de l'Europe, au centre même du grand massif des Alpes, Guillaume Tell donnait la liberté à la Suisse, qui, plus heureuse que bien d'autres peuples, a su la conserver intacte jusqu'à nous, avec une constance aussi digne de louanges que le courage déployé par elle pour la conquérir.

Les montagnes sont au moyen âge comme les forteresses de la liberté ; les races fortes qui les habitent semblent avoir eu pour mission providentielle de conserver ce dépôt sacré. Et si nos pères, en 1789, ont pu s'écrier que la liberté était imprescriptible dans le droit, l'historien peut, lui aussi, proclamer qu'elle est imprescriptible dans l'espace et dans le temps.

De ces hautes forteresses où elle s'est cantonnée et où des races énergiques et fières lui font une existence assurée, la liberté descendant le cours des fleuves et des rivières qui naissent dans ces montagnes, gagnera avec eux les vallées et les plaines, et comme eux irrésistible, elle fera la conquête du monde. Elle aura, comme les fleuves et les rivières, ses moments d'emportement et de lutte. Elle débordera nivelant tout sur son passage, droit divin et droit féodal, priviléges de la naissance et priviléges de la fortune, église et parlements ; jeunesse, force, talents, devant elle, rien ne trouvera grâce ; elle renversera jusqu'à la justice et plus encore jusqu'à ceux dont la vie fut pour elle un dévoûment de tous les jours. Mais de même que les fleuves dans leur débordement ravageant et détruisant tout laissent sur leur passage un limon producteur, la liberté féconde au milieu des ruines et rend plus fortes et plus vivaces les sociétés qu'elle n'a semblé détruire que pour les régénérer.

2

Souvent en face de ces désastres l'homme se prend à désespérer, mais le penseur sonde et se recueille. Sans doute il est sympathique aux victimes, sans doute il serait prêt à sacrifier sa vie pour arrêter le torrent impétueux, sans doute il pleure, et sans doute il gémit; mais il espère encore. Il sait que la guérison suivra de près le mal ; aussi conserve-t-il au milieu des ruines, au milieu du deuil, une mélancolique sérénité. L'observation de la nature, l'étude de l'histoire le rassurent : elles lui ont appris que le droit ne périt jamais.

La coutume des Quatre-Vallées contient 53 articles ; c'est à la fois une Charte et un Code civil et criminel ; mais ces diverses parties ne sont pas classées avec méthode : côte à côte avec le droit politique, on rencontre une disposition de procédure ; un article de droit civil se heurte contre une pénalité. Les classificateurs et les juristes, on le sent, n'ont pas inspiré l'œuvre de 1300. Nous ferons, nous, enfants d'un siècle qui divise et subdivise tout, qui classe et qui codifie sans cesse, ce que n'a pas fait le législateur des Quatre-Vallées. Mais, rassurez-vous, nous ne mettrons pas l'esprit ergoteur de notre temps à la place de l'intelligence droite et simple du rédacteur des coutumes, et surtout, nous ne discuterons pas article par article, comme un glossateur, chacune des dispositions de l'acte de 1300. — Suivant en cela la méthode et l'exemple de l'illustre et regretté Augustin Thierry, nous glanerons de droite et de gauche, cherchant surtout à vous faire saisir l'esprit essentiellement libéral de la législation politique et civile des Quatre-Vallées.

L'article 2 nous apprend (ce que déjà je vous ai dit) que Bernard de Fumel avait le premier recueilli les vieux usages du pays gouverné par lui avec sa femme. Il avait, paraît-il, restitué aux communautés et aux nobles de la terre et val d'Aure leurs franchises, leurs droits, leurs montagnes et leurs forêts dont un précédent vicomte leur avait, sans doute, enlevé l'usage et la possession. Et la coutume, remarquons-le (art. 1er) était applicable aux *nobles hommes* comme aux manants; et s'il y avait *clamour* (désordre), le juge de la terre, institué par le *seigneur majeur,* avait seul le droit de décider. — Ce juge supérieur (art. 6), le seigneur le devait choisir *prudhomme* et *sufficient* (capable) parmi les hommes de la terre ou du plus prochain lieu, pour que tous les sujets pussent facilement y avoir recours et éviter ainsi les grosses dépenses. — On se préoccupait déjà alors de rapprocher le juge des justiciables et ce n'est pas d'aujourd'hui seulement, on le voit, que l'on se plaint des frais de justice.

Les consuls et conseils des communautés rendaient compte, après serment, à leurs commettants de tout ce qu'ils avaient fait, reçu ou dépensé durant l'exercice de leurs charges (art. 43). — Nous devrions emprunter à nos pères cette sage disposition qui éviterait bien des compétitions et aussi bien des mécomptes. Les électeurs auraient ainsi la responsabilité éclairée de leur choix; les élus, celle de leurs actions et de leurs votes. — Les consuls pouvaient, comme nos maires d'aujourd'hui prendre des arrêtés; mais plus encore, ils avaient le droit, pour l'utilité commune, d'établir des impôts

temporaires et perpétuels, et, pour la rentrée de ces
impôts, ils avaient encore le droit d'instituer des rece-
veurs, de faire saisir des gages, et d'en provoquer la
vente (art. 44).— Ces pouvoirs paraissent exorbitants,
et cependant je connais nombre de gens qui de grand
cœur n'hésiteraient pas à les accorder aujourd'hui aux
administrateurs des communes, à la condition cependant
de voir l'article 43 de la coutume inscrit en tête de nos
lois municipales.

L'article 45 nous a fort embarrassé : le mot *mességues* doit-il se traduire par messager, commissionnaire?
Nous le croyons. Et cependant alors que devient l'invention prétendue des postes par Louis XI? Mais au
reste, que lui importe à ce roi, l'ami de Tristan l'ermite
et si dévot à toutes les saintes reliques, d'être ou de
n'être pas l'inventeur de ce moyen si facile de commu-
niquer au loin sa pensée? Je traduis donc *mességues*
par messager et j'ajoute que les consuls pouvaient les
instituer, les révoquer, leur faire prêter serment de bien
et fidèlement remplir leur office, et que le produit des
mességueries devait être appliqué aux besoins de chaque
communauté.

Les consuls étaient chargés de l'établissement des
poids et mesures et pouvaient même, en ce qui concerne
les choses nécessaires à la vie, imposer un prix *juste et
raisonnable* (art. 46 et 47).— Le maximum n'est pas,
vous le voyez, d'invention révolutionnaire, et l'économie
politique des coutumes de 1300, si libérales dans leur
ensemble, nous paraît bien peu intelligente des néces-
sités commerciales. — Tout vendeur à faux poids de

pain, de vin, de sel, d'huile, de viande et de blé encourait la peine de cinq *sous tholosans* d'amende, et cette amende était partagée entre le seigneur et la communauté du lieu où le délit avait été commis (art. 47). — Si enfin le pain vendu était trop cher proportionnellement au prix du blé, les consuls le pouvaient saisir et le devaient ensuite distribuer publiquement aux pauvres (art. 48).

On ignorait en 1300 le délit d'ouverture d'un débit de boissons à consommer sur place, car chacun, dans la terre et val d'Aure, pouvait, à ses hôtes, vendre à volonté du pain, du vin, de la viande et toutes victuailles, le tout à juste prix; car sans cela les vendeurs tombaient sous l'application de peines laissées au libre arbitre du juge (art. 49.) — Ne désigneriez-vous pas comme moi nombre de localités thermales et autres où pareille loi serait fort mal accueillie par MM. les hôteliers?

Les consuls d'Aure enfin devaient surveiller l'abattage des viandes. — Alors, comme aujourd'hui, paraît-il, on exposait en vente des animaux morts ailleurs qu'à l'abattoir (art. 50).

Tout manant ou habitant avait le droit de porter armes et armures (art. 3); et pour la défense de la terre seulement, le *seigneur majeur* pouvait prendre un homme par maison, et le service militaire ne durait que neuf années... je me trompe, neuf jours (art. 34). Les nobles devaient suivre le seigneur à cheval ou fournir trois hommes à pied et plus s'ils le voulaient. Infortunés habitants des Quatre-Vallées qui n'avaient pu

dès 1300 apprécier tous les bienfaits des armées perma-
nentes !

Le libre échange, inconnu de nom, existait cependant
de fait : il n'y avait dans le pays d'Aure ni douanes ni
péages, et chacun, à sa volonté, pouvait prendre du
bois dans les forêts, de l'eau dans les rivières et de
l'herbe dans les pâturages (art. 42). — Tout manant
avait droit de chasse avec ou sans armes, et de pêche,
sans qu'on eût songé encore à déterminer la dimension
des mailles du filet (art. 30.) — La liberté de l'industrie
était complète. Chacun, à son gré, construisait des
moulins, établissait des forges, des verreries, des
scieries, des fours à chaux. Chacun, à sa volonté,
pouvait cuire chez lui son pain, creuser des viviers,
édifier des colombiers, établir des boucheries, etc. Où
sont les restrictions, les entraves, les embarras, et les
exigences du droit féodal ?

En terminant ce qui est relatif au droit public, nous
touchons à un terrain aujourd'hui brûlant, selon les
hommes d'Etat modernes. Les seigneurs des Quatre-
Vallées n'en jugeaient pas ainsi : le droit de réunion,
en effet, était complet. Avec ou sans la licence du vicomte, les consuls et habitants pouvaient se réunir là
où ils voulaient pour traiter des affaires du pays, et
dans ces assemblées, où les gens d'Eglise et les nobles
n'avaient pas entrée, ils votaient leurs impôts et
réglaient la manière d'en opérer la rentrée (art. 53.) —
Les Etats des Quatre-Vallées, vous le voyez, étaient
entièrement et complétement démocratiques.

Nous n'apercevons dans les coutumes de 1300 nulle

trace d'une servitude personnelle quelconque : la corvée y était inconnue : tous les manants et habitants avaient des droits civils égaux : nulle distinction entre les nobles et les vilains. Et cependant nous trouvons dans la vallée d'Aure un nom patronymique, *Mancipis*, dont l'étymologie est évidente. Mais de l'étude de la coutume, nous devons nécessairement conclure que les *émancipés* d'autrefois, dont les *Mancipis* d'aujourd'hui sont les héritiers, remontent à l'époque romaine ou gallo-romaine.

Les habitants des Quatre-Vallées pouvaient librement contracter mariage dans la terre d'Aure ou ailleurs, sans permission du seigneur, et sans être tenus de lui payer un droit quelconque (art. 51). Et dans ce but, il leur était licite de constituer des dots ou des avancements de hoirie, en argent, en créances ou en immeubles. — Ce droit honteux du seigneur, dont l'existence au moyen âge est aujourd'hui démontrée, ne pouvait ni naître ni prendre racine chez des montagnards au caractère indépendant et fier, au cœur haut et ferme, à l'esprit droit et honnête.

Chacun d'après la coutume pouvait, sans payer de droits, disposer librement de sa fortune, même par testament; et cet acte solennel se faisait en présence de deux ou trois témoins dignes de foi devant le curé ou son vicaire (art. 31). Mais, restriction étrange, si la libre disposition des biens était de droit dans le pays des Quatre-Vallées, nul habitant ne pouvait posséder plus de neuf *casalalges* (propriétés avec habitation). Il lui était toutefois loisible d'habiter celle qui lui convenait le mieux (art. 35). — Nos pères redoutaient sans doute

l'abus des richesses et voulaient éviter la concentration
des propriétés territoriales sur quelques têtes. Il en
devait être ainsi, car l'ainé de la famille dans les Quatre-
Vallées héritait naturellement ou contractuellement de
la majeure partie des biens. Il fallait nécessairement
alors qu'une limitation quelconque arrêtât une pareille
concentration, dangereuse dans un pays où vivaient
côte à côte et le droit d'aînesse et la démocratie pure.

Plus humaine et aussi plus logique que la loi actuelle,
la coutume de 1300 déclare insaisissables les vêtements
des hommes et aussi *ceux des lits ;* elle défend encore la
saisie des armes et des armures, utiles pour la défense
de la terre, celle de la farine qui se trouve à la maison,
du blé qui est au moulin, indispensables pour l'alimen-
tation de la famille et encore celle des semences qui
doivent assurer la récolte à venir (art. 38).

Selon que le créancier est habitant de la terre ou
forain, le gage qui assurera sa créance pourra être
immeuble ou meuble, et les créanciers, quels qu'ils
soient, seront obligés d'accepter le gage présenté si on
leur offre toutefois en même temps le paiement du tiers
de la somme due ; quatorze jours après, le gage était
vendu aux enchères, et si l'enchérisseur ne payait pas, le
gage était livré au créancier pour le payer de sa créance
d'abord et l'indemniser des frais ensuite (art. 27, 29).

La caution envers le seigneur était libérée en abandonnant au vicomte les biens du cautionné ou leur valeur, à
moins toutefois que la caution ne se fût obligée pour une
somme d'argent déterminée (art. 39). — Celui qui au
marché achetait de bonne foi une marchandise ou une

bête volée la faisait sienne ; mais cependant le volé avait le droit de la reprendre en remboursant à l'acheteur le prix payé par lui (art. 32).

Les dispositions pénales sont nombreuses dans la coutume de 1300 et quelques-unes d'entr'elles ne dépareraient pas le code criminel le plus parfait de nos jours. Ainsi, par exemple, la prison préventive n'existait pas si l'accusé fournissait caution ou par lui-même ou par un tiers de se présenter à toute réquisition devant le juge (art. 9). La coutume n'excepte que les cas de vol, d'incendie, de meurtre, d'invasion d'une maison habitée. Mais quel que soit le crime ou le délit, si le prévenu est déclaré innocent, il doit être relâché *franc* et *quitte* (art. 10, 11.)

La formule criminelle « et néanmoins sans dépens » n'était pas connue en terre d'Aure. On ne comprenait pas en 1300 que les dépenses faites par un accusé pour démontrer son innocence restassent à sa charge lorsqu'il était déclaré coupable. La loi française, moins libérale et aussi moins juste, veut que le prévenu acquitté supporte les frais avancés par lui pour prouver sa non-culpabilité. Mais, la loi le veut ainsi, inclinons-nous respectueusement puisque nous ne pouvons mieux faire.

Le juge avait seul le droit sous l'empire de la coutume de faire appliquer la torture, triste vestige d'un droit barbare et plus triste moyen d'investigation encore (art. 3). Mais, ne l'oublions pas, la question, jusqu'à la fin du siècle dernier, était formellement autorisée par nos lois françaises, et les limites dans lesquelles elle est restreinte par la coutume sont bien plus étroites que

celles du ressort du parlement de Paris quatre siècles plus
tard. — Le juge déterminait seul la gravité relative des
coups et blessures et punissait ce crime ou ce délit selon
sa gravité. Et à ce sujet, les dispositions pénales sont
nombreuses dans la coutume de 1300. On sent que
la main est prompte comme l'esprit dans la terre et
val d'Aure (art. 22, 23, 24, 28).

Les blessures faites par les animaux domestiques sont
encore l'objet de dispositions nombreuses. On comprend
que la coutume régit un pays pasteur (art. 18, 19, 20 et
21). Mais ces blessures ne constituent pas un délit. Le
seigneur de ce chef ne peut percevoir aucune amende et
le propriétaire de l'animal qui a fait la blessure est libéré
à l'égard du blessé en abandonnant la bête qui l'a faite.

Le domicile était inviolable, tellement inviolable que
dans le cas d'invasion d'une habitation, nous l'avons
déjà dit, on n'admettait pas le coupable à fournir
caution, et par les mêmes motifs, sans doute, si un
chien ou une *chienne* mordait *quelqu'un* ou *quelqu'une*
dans les cours, les granges, les maisons ou leurs envi-
rons, le maître ne devait payer ni dommages ni amende
(art. 17).

La confiscation des biens immeubles n'existait pas en
1300 dans le pays des Quatre-Vallées : les propriétés
du suicidé, celles même du condamné à mort revenaient
à sa famille (art. 15, 33). Cependant le seigneur
pouvait, dans ce dernier cas, se payer sur les meubles
seulement des frais avancés pour la poursuite. Il y avait
exception pour les crimes d'hérésie, de lèse-majesté et
de révolte contre le vicomte (art. 33).

La coutume punissait sévèrement le vol (art. 13, 14), le faux témoignage (12), la diffamation (art. 7, 8) ; elle punissait également l'adultère, mais l'adultère du mari seulement (art. 41) ; elle ne pensait pas qu'une femme en terre d'Aure pût se rendre coupable d'un pareil crime. Quels temps ! quel pays ! et quelles femmes !

Je vous ai longuement, trop longuement peut-être entretenus des coutumes d'Aure, Neste, Magnoac et Barousse. J'aurais dû abréger sans doute ; mais malgré moi je me sentais attiré et retenu par ces vieilles lois, derniers vestiges d'une civilisation qui n'est plus, et empreintes, vous le voyez, d'une grandeur morale qui étonne et séduit. Egalitaire et libérale dans sa partie politique, droite et simple dans sa partie civile, juste et humaine dans sa partie criminelle, la coutume de 1300 est bien en avant de son siècle.

Vous comprenez maintenant et ma surprise et mes hésitations, lorsque, pour la première fois, il me fut donné de la lire. Je ne sais si j'ai réussi à vous faire partager l'émotion qui me saisit alors, et sous l'empire de laquelle je me sens encore lorsqu'il m'arrive de la relire aujourd'hui ; mais, pour moi, ce vieux titre m'apparaît comme un phare lumineux au milieu de la nuit profonde du moyen âge, et il m'explique la fierté, le contentement et le respect d'eux-mêmes des descendants de ceux qui méritèrent, il y a près de six siècles, l'honneur d'avoir une pareille législation. Reportez-vous, en effet, par la pensée, à l'époque où elle fut écrite ; évoquez le spectre de la féodalité, et comparez

le régime politique et civil de la terre et val d'Aure avec
celui qui dominait alors dans la plus grande partie de
l'Europe; — sans reculer aussi loin, rappelez-vous ce
qu'était la France avant 1789, et comparez encore; —
souvenez-vous enfin que, de nos jours, nous avons vu
disparaître en partie la prison préventive, et qu'à l'heure
où je vous parle on discute le droit de réunion; — et,
encore une fois, rappelez-vous et comparez.

La maison d'Armagnac respecta la coutume, et lorsque cette maison, à la fois si grande et si criminelle,
s'éteignit, en 1473, avec Jean V, après le siége de Lec-
toure, les Quatre-Vallées se trouvèrent sans gouvernement. La lignée du seigneur n'était plus, le peuple reprit
l'exercice suspendu de sa souveraineté, et librement,
volontairement, de son plein gré, il en disposa en se
donnant lui-même au roi Louis XI. Et ce roi, aussi
ennemi des priviléges des seigneurs que des franchises
des communes, n'hésita pas cependant et par deux fois
(1475, 1481), à promettre par lettres-patentes de
maintenir la terre et val d'Aure dans toutes les *libertés,
prérogatives, usances* et *coutumes* accordées aux
Quatre-Vallées par les comtes d'Armagnac et leurs
prédécesseurs, et, résultat extraordinaire, cette pro-
messe, le roi de France ne la viola jamais. Il faut tout
vous dire, Mesdames et Messieurs; — Ferdinand-le-
Catholique, aussi fourbe que Louis XI, convoitait fort
les Quatre-Vallées, et le rusé monarque de France ne
voulait pas donner à l'Aragonais une nouvelle entrée
dans ses Etats. Vous comprenez dès lors l'intérêt du roi
Louis à tenir ses promesses.

La destinée des pays d'Aure, de Neste, de Magnoac et de Barousse est étrange ; les comtes d'Armagnac, si hostiles aux vilains, Louis XI, le grand niveleur, consentent, pour des raisons particulières et toutes d'intérêt personnel, à maintenir les Quatre-Vallées dans toutes leurs libertés, incompatibles cependant avec l'esprit féodal des premiers et le despotisme unitaire du second.

Dès le moment où le pays d'Aure, Neste, Magnoac et Barousse fut réuni à la couronne de France, il n'eut plus d'histoire propre : ses destinées se confondirent avec celles de la nation française dont il fit dès lors partie et dont il lui avait été solennellement promis qu'il ne serait jamais détaché. Nous n'avons donc plus à nous occuper de l'histoire d'Aure, mais la coutume continue de régir ce pays et nous allons en suivre l'existence et le développement sous les règnes des successeurs du roi Louis XI.

A chaque royauté nouvelle, des lettres-patentes nouvelles aussi venaient ratifier ce que j'appellerai le traité de 1475, et toujours les Quatre-Vallées furent maintenues dans la jouissance paisible de leurs antiques droits.

Avec le seizième siècle, avec la réformation, à la suite des guerres de religion et de la Ligue, avec Henri IV surtout, une ère nouvelle avait commencé. La civilisation, et avec elle le progrès, montait lentement : l'égalité gagnait peu à peu en France : la robe et la bourgeoisie pénétraient insensiblement dans les conseils du prince, et Louis XIV, qui voulait tout centraliser et

tout tenir sous sa main de despote, vint bientôt, par
son administration, miner sourdement les droits des
communes et des pays d'Etats, et aussi les priviléges
des seigneurs, si vigoureusement attaqués déjà par
Richelieu. Les Quatre-Vallées subirent la loi commune.
Leurs priviléges, solennellement reconnus en droit,
furent chaque jour amoindris, diminués, rognés en fait
par les exigences et les habiletés des agents du pouvoir
royal.

Les encyclopédistes et les philosophes préparaient par
leurs écrits, sous Louis XV, la plus grande révolution
qui fut jamais. Noblesse, clergé, bourgeoisie, l'esprit
nouveau eut bientôt tout envahi; mais l'idée nouvelle
restait encore dans le domaine de la spéculation, et la
coutume de 1300 était toujours exécutée.

Tout à coup, le tonnerre gronda, la France s'émut,
les Etats-Généraux devinrent la grande assemblée natio-
nale, et, dans la fameuse nuit du 4 août, tous les priviléges furent abolis.

La coutume de 1300 n'avait plus sa raison d'être :
LA FRANCE ÉTAIT LIBRE !

Bagnères, imprimerie D.-L. Péré, successeur de Dossun.

www.ingramcontent.com/pod-product-compliance
Lightning Source LLC
Chambersburg PA
CBHW061622180626
46818CB00005B/2186